MW01016669

心灵教科书绘本系列

西兰花先生的理发店

〔日〕福田纯子 / 著绘　丁虹 / 译

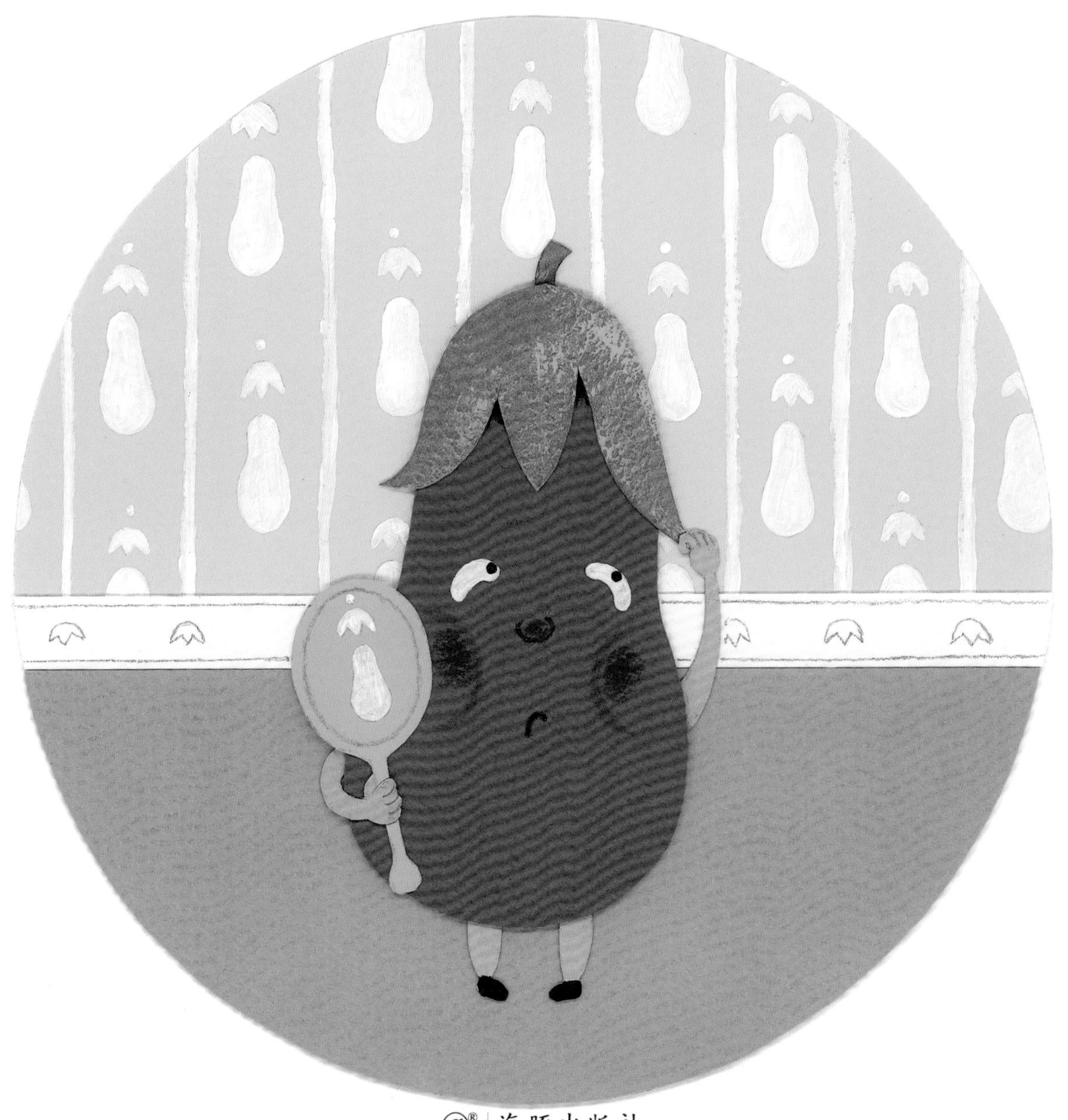

海豚出版社
DOLPHIN BOOKS
CIPG 中国国际出版集团

“我好想换一个发型啊……”
茄子小弟一边看时尚杂志一边说，
“妈妈，我也想理一个杂志里这样的发型。”

“不行不行。我们茄子家族自古以来
就是现在这样的发型。
再说，我们这么硬的头发，
想换发型也换不了啊！”
“喂喂，等等！
如果是西兰花先生，
或许能帮你实现这个愿望。”

现在
最流行。

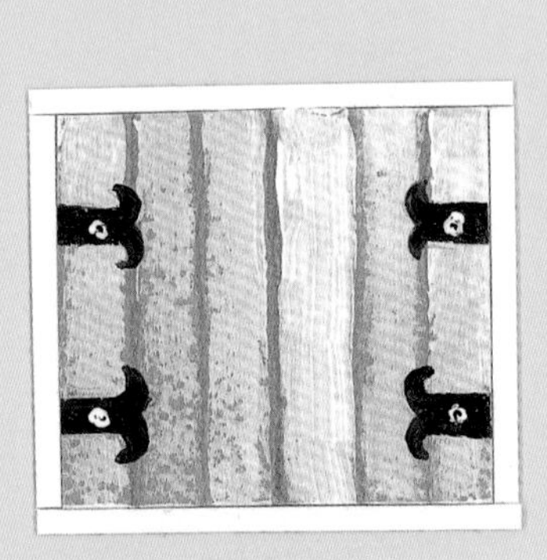

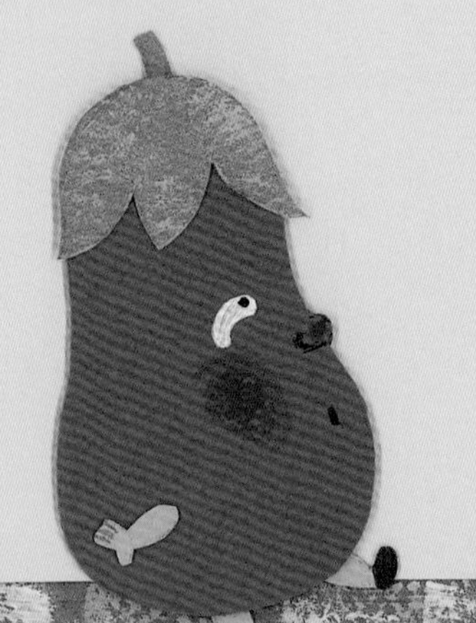

茄子小弟朝着西兰花先生的理发店走去。

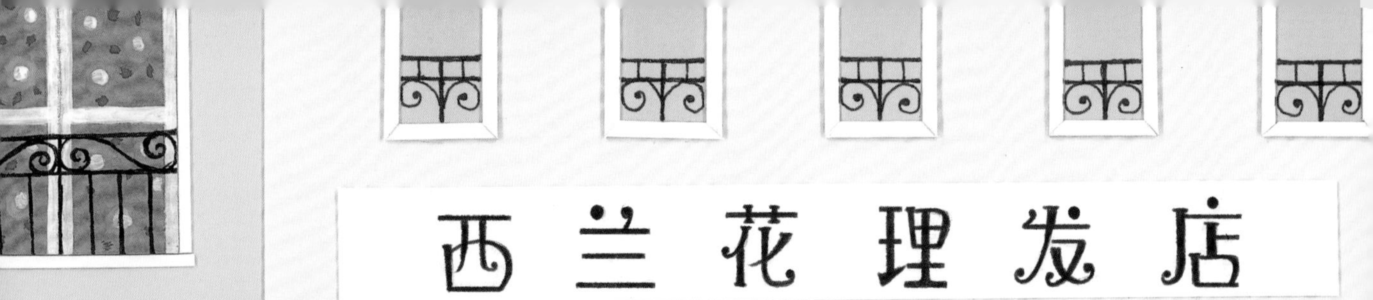

西兰花先生是一位理发师，
只要是有关头发的事情，
无论大家提出什么要求，他都能满足。

西兰花

门刚一打开，就能听到西兰花先生洪亮的声音。

“欢迎欢迎！请先坐一下，等我一会儿好吗？

不管您有什么愿望，我都会满足您的！”

第一个要理发的，是玉米先生。

“今天想要什么发型呢？”

“请给我剪一个酷酷的发型。”

“嗯……嗯……”

西兰花先生在自己蓬松的卷发里，掏啊掏……

他从里面掏出来一只电吹风和一把木梳。

西兰花

玉米先生头顶着帅气的小卷发，非常开心。
“我先走了。哼哼哼……哼哼……”

接着是白白嫩嫩的白菜夫人。

“请帮我做一个公主那样的发型！”

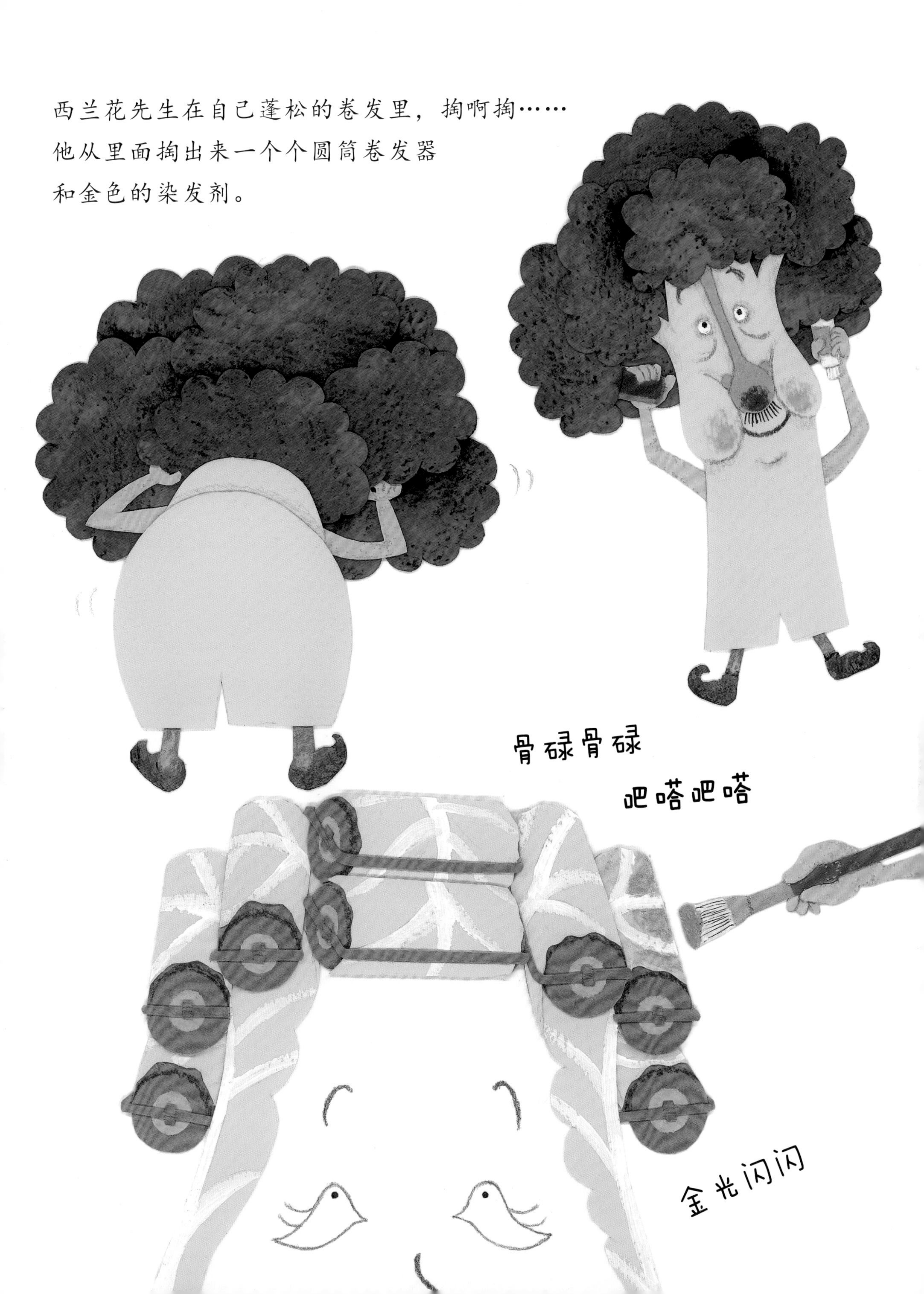
西兰花先生在自己蓬松的卷发里，掏啊掏……
他从里面掏出来一个个圆筒卷发器
和金色的染发剂。
骨碌骨碌
吧嗒吧嗒
金光闪闪

西兰花

做完头发的白菜夫人光彩照人。

“女士们、先生们，那我就先告辞了。”

哎呀呀！下一位是苹果小弟！

“请给我做一个只适合我的发型。”

“嗯……好的好的，我有主意了！
咱们先刮一下脸吧！”

西兰花

“诸位，看这发型适合吾乎？”

下一位轮到头发乱蓬蓬的萝卜大叔。
“总之，您就大胆地剪吧。”
“哦——你的头发受损很严重啊！”

咔嚓咔嚓
咔哧咔哧
咔嚓咔嚓
咔哧咔哧

西兰花

萝卜大叔的发型清爽利落。
“小弟弟，我先走了。回头见！”

终于轮到茄子小弟了。
“我也想换一个发型。”
“没问题，交给我吧！绝不会让你失望的！”

虽然这么说，可茄子小弟的头发实在是太硬了，西兰花先生好一番“苦战”。

“对呀！我有主意了！”

西兰花先生在自己蓬松的卷发里，掏啊掏……

只见一个接着一个的假发被他掏了出来。

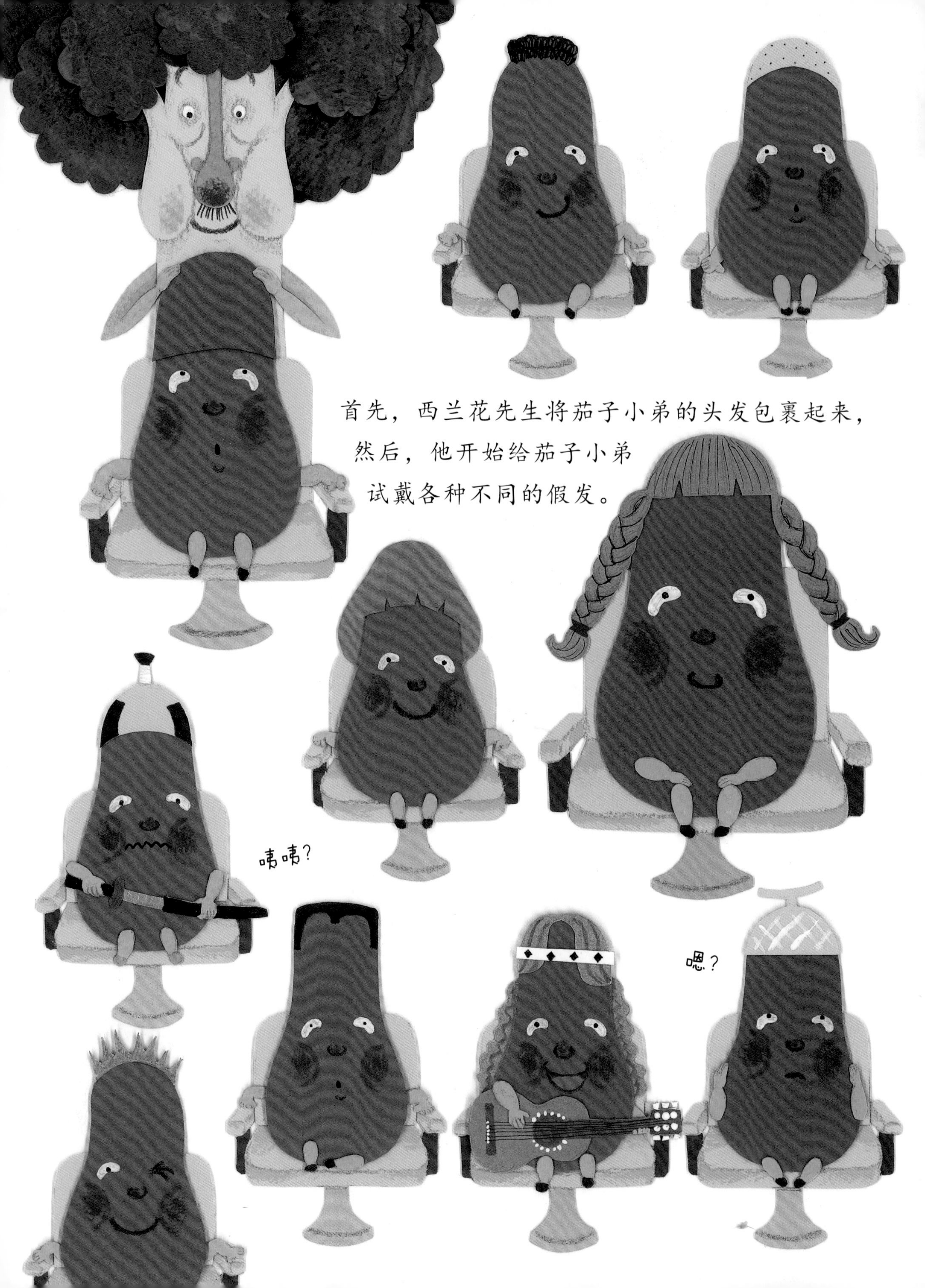

首先，西兰花先生将茄子小弟的头发包裹起来，
然后，他开始给茄子小弟
试戴各种不同的假发。

这个呢？
“哇，我觉得
这个好！”
“哦哦，跟你很般配哟！”

“哇——哇——”
茄子小弟开心地转起了圈子。
可是……

“哎呀呀，我看不见了！”
假发突然脱落了，
茄子小弟哭了起来。

“糟了！怎么能让客人失望呢！”
唉……既然这样，
只好用最后的绝招！
于是，西兰花先生在鸡蛋里倒入蜂蜜，
再混入足够多的独家秘制油……

将混合液涂在头发上，揉啊揉！

用蒸好的热毛巾热敷。

在头发变柔软的时候……

"看好了！西兰花独家秘笈——

千根剪发术开始了！"

“哦哦，就是它了！随风飘荡、
清爽无比的发型，真的很适合你啊！”
“谢谢西兰花先生！”